Como fomentar a amizade em sala de aula

A inteligência fez do homem um ser inigualável.

E, graças a ela, o homem concebeu a delicadeza da Vênus de Milo *e desenvolveu o encanto do prelúdio em dó sustenido.*

Mas também é a inteligência humana que pode explicar os campos de concentração e os horrores de Hiroshima e Nagasaki.

Celso Antunes

Direção geral Donaldo Buchweitz
Coordenação editorial Jarbas C. Cerino
Assistente editorial Elisângela da Silva
Autor Celso Antunes
Revisão Editorial Ciranda Cultural
Projeto gráfico Monalisa Morato

Dados Internacionais de Catalogação na Publicação (CIP)
(Câmara Brasileira do Livro, SP, Brasil)

Antunes, Celso
 Como fomentar a amizade em sala de aula / Celso Antunes. -- São Paulo : Ciranda Cultural, 2010.

ISBN 978-85-380-1422-5

1. Amizade 2. Educação - Finalidades e objetivos 3. Pedagogia 4. Psicologia educacional 5. Valores (Éticas) I. Título.

10-05244 CDD-370.15

Índices para catálogo sistemático:

1. Amizade em sala de aula : Educação e psicologia
 370.15

© 2010 desta edição:
Ciranda Cultural Editora e Distribuidora Ltda.
Rua Frederico Bacchin Neto, 140 – cj. 06 – Parque dos Príncipes
05396-100 – São Paulo – SP – Brasil

1ª Edição
www.cirandacultural.com.br
Impresso no Brasil
Todos os direitos reservados.

Sumário

Capítulo I
O que é amizade? 9

Capítulo II
A amizade dos pais 13

Capítulo III
A amizade até os 2 anos de idade 21

Capítulo IV
A amizade dos 2 aos 5 anos de idade..................................31

Capítulo V
A amizade dos 5 aos 10 anos de idade................................41

Capítulo VI
Uma pesquisa: do que os amigos mais gostam em seus amigos 47

Capítulo VII
Ajudando a criança a ser amiga de si mesma....................51

Capítulo VIII
A amizade para todos os momentos 55

Indicações de leituras 63

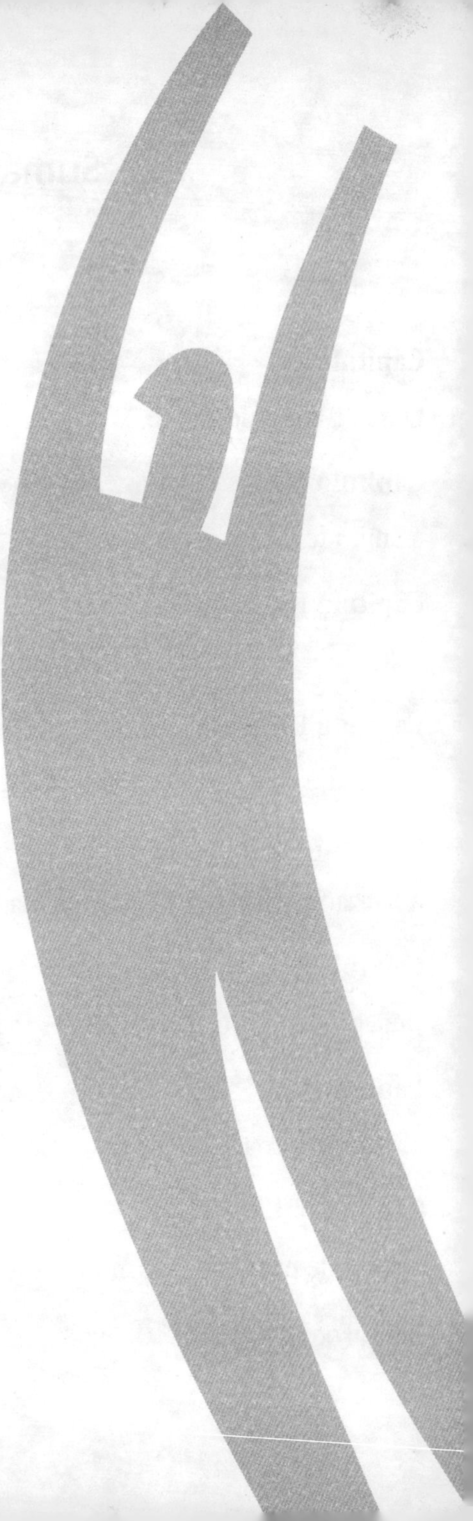

Capítulo I

O que é amizade?

A amizade é um sentimento de afeição, simpatia, estima e ternura entre pessoas ou eventualmente entre uma pessoa e um animal. Como muitos outros sentimentos, a amizade não é particularidade desta ou daquela pessoa, mas elemento do caráter que está "escrito" no código genético de cada ser humano.

Pensando nesse sentido biológico da amizade, percebe-se que a mesma não é "aprendida", mas inerente ao ser, mais ou menos como o fato de todos os seres humanos não precisarem aprender a respirar para viver. Apresenta-se em nosso genoma, provavelmente porque, como espécie frágil, descobrimos a importância da solidariedade entre iguais em nossa evolução.

Mas, se a amizade é sentimento e, portanto, inerente a todos e assim não é aprendida, como justificar um livro que se propõe ajudar a criança a fazer e a preservar amigos? A resposta é simples. Como foi dito anteriormente, o ser humano não necessita que lhe ensinem a respirar, a correr, a se alimentar, mas é indiscutível que as habilidades que trazemos em nossa bagagem hereditária podem ser aprimoradas quando dispomos de alguma ajuda. As primeiras coisas que um atleta que deseja ser um maratonista aprende com seu técnico é "como" correr, "como" respirar e "como" alimentar-se para uma maratona, coisas que ele conhece, mas se devidamente ajudado, aprende a "saber melhor" e assim se transforma um indivíduo comum em um verdadeiro campeão. O mesmo ocorre, proporcionalmente, com a amizade, e o propósito deste livro é ajudar pais e outros adultos a tornarem mais suave o caminho das crianças na construção e na preservação de suas boas amizades. Bons amigos são os que se fazem companheiros, camaradas, colegas e que se guarda com ternura e apreço.

Diferente de alguns outros sentimentos biológicos, como a raiva, o ciúme, o medo, etc., a amizade não apresenta aspectos negativos e não se pode criticar alguém porque busca ter muitos amigos. Mas, o fato de afirmar que a amizade é uma vinculação social positiva, não implica em negar que existam "amizades negativas". Não são raras as notícias policiais que destacam crimes, roubos, assaltos, sequestros e outras ações antissociais praticadas por uma "gangue" ou por uma "quadrilha" nas quais não é improvável a amizade, ainda que subordinada a interesses criminosos.

E aqui se ressalta outra preocupação deste pequeno livro. Não se pretende ajudar a criança a fazer "qualquer" tipo de amizade, mas amizades positivas nas quais haja sentimento de afeição inspirado na bondade e na certeza de que os verdadeiros amigos são os que nos ajudam a crescer.

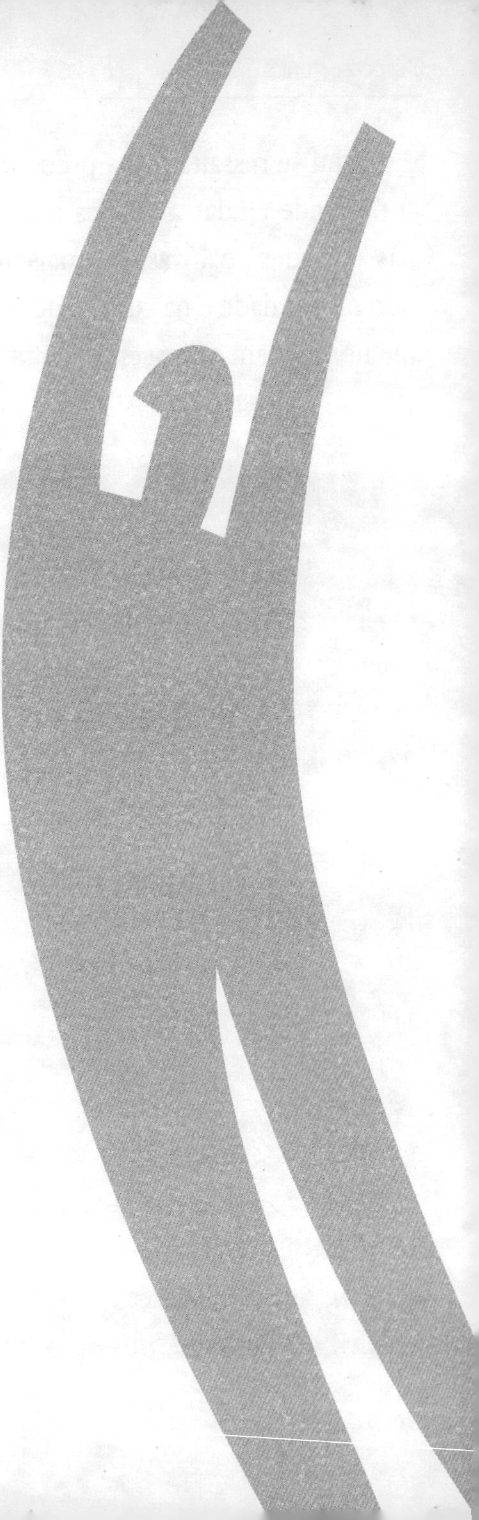

Capítulo II
A amizade dos pais

Não é fácil para os pais serem amigos de seus filhos.

A afirmação acima parece absurda. Como não é fácil? Pode existir amizade mais intensa, paixão mais profunda que a dos pais a seus filhos?

Essas questões, por mais paradoxais que aparentam ser, explicam de certa forma a dificuldade destacada anteriormente. O sentimento de afeto e de intensa paixão que une os pais a seus filhos sempre se associa a uma incontrolável vontade de proteger, e essa proteção costuma despertar um sentimento de "posse", uma inconsciente vontade de olhar o filho como "propriedade", e essa força, não raro, ocasiona o ciúme. Esse ciúme, nem sempre claramente percebido, envolve uma tendência em não querer aceitar que o filho é uma criatura autônoma, singular e independente.

Não é fácil para os pais admitirem que nenhum filho tende a apresentar uma extrema singularidade que o torna cada vez mais "diferente" de seus pais.

Existem nos laços genéticos toda uma herança familiar, mas qualquer criança cresce em meio a estímulos diferentes dos que seus pais tiveram na infância. Os tempos nunca são os mesmos, a família é outra, o ambiente cultural é outro, os programas que se assiste são outros e nenhuma escola pode ter parado no tempo para ser igual a que os pais frequentaram.

Assim, o extremo amor faz com que muitos pais acreditem que seu filho "é ele próprio" e assim esquecem que devem, com a sua amizade, propiciar uma educação que aceite plenamente a individualidade e a singularidade da criança.

Provavelmente, o lado mais amargo de uma educação egoísta e que não respeita essa diferença é que ela não se manifesta de forma consciente. Os pais, pelo menos em seus pensamentos, sabem que o filho não é uma cópia deles e que, dessa forma, buscará caminhos diferentes, viverá emoções diversas, fará escolhas particulares. Ocorre, entretanto, que esse saber paternal é racional, mas seu lado emocional fala mais alto e, assim, nas atitudes mais simples, nas brincadeiras mais ingênuas, nas opções mais singelas, os pais nem sempre escondem que o caminho que está sendo trilhado pelo filho não é exatamente igual "ao caminho que ele gostaria de percorrer". Percebe-se, assim, que não é fácil, com muito amor, oferecer "boa amizade".

Como fazer para impedir esse sentimento de "propriedade", esse inconsciente desejo de negar a singularidade? A resposta é, ao mesmo tempo, fácil e difícil. Fácil, porque essa mistura de "proteção" com "propriedade" não constitui componente orgânico do ser, antes uma ação comportamental e, nesse sentido, é mutável sem a necessidade de sacrifícios ou cuidados psiquiátricos. É unicamente uma questão de consciência e cuidado para livrar-se de comportamentos que são prejudiciais ao filho. Mas a libertação desse sentimento é também difícil, pois requer reflexão, diálogo entre o casal, força de vontade, atitude crítica não apenas neste ou naquele instante, mas em todos os pensamentos e em todas as ações que devem nortear uma verdadeira e essencial amizade por respeitar e aceitar no filho uma "outra" pessoa.

Para libertar-se dessa amizade obsessiva e da inconsciente tendência de fazer dos filhos a imagem que gostariam de fazer de seu próprio eu, é essencial que o pai e a mãe assumam alguns procedimentos e façam deles rotineiros.

Abaixo, alguns desses procedimentos:
- Dê sempre aos filhos um sereno crédito de confiança.

Toda criança que desenvolve a percepção de sentir-se capaz e responsável provém de lares em que pais sempre a viam assim. Quase toda criança tende a assumir linhas de procedimento que por certo não se identificam com o que foi imaginado para ela, mas se efetivamente encorajada em sua maneira de ser, saberá inventar caminhos para surpreender positivamente seus pais.

- Use sempre um vocabulário positivo, não creia que elogio demais "estraga".

Raramente nos damos conta da força do elogio e do potencial de segurança embutido nas palavras do pai e da mãe. A criança que se vê persistente, e não teimosa; entusiasmada, e não explosiva; plena de vitalidade e de energia, e não agressiva; criativa, e não "criadora de caso"; não se abate pela vergonha de ser o que é e de descobrir em si valores que não supunha possuir.

- Use, muitas vezes, uma "lente de aumento" para realizações positivas.

Educar é ensinar o não, a ordem, a regra e saber ser firme na exigência de seu cumprimento. No entanto a amizade dos pais se consolida em sempre se fazer observador do lado positivo da criança, de suas conquistas efetivas mesmo se pequenas.

- Tenha os pés na terra, estabeleça expectativas realistas.

O que mais deve interessar aos pais é a "felicidade" de seus filhos e não seu possível sucesso, e se essa meta for autêntica, é essencial que jamais se deva deixar seduzir pela ideia de que a criança precisa ser melhor em tudo e competente na superação de qualquer desafio. Pai e mãe amigos são os que aprendem a gostar, respeitando os limites e aceitando dificuldades sem as lamentar.

- Aprenda a julgar as ações da criança com serenidade e a ensine a acreditar que, quando punida por um erro, não está perdendo o amor de seus pais.

A capacidade de julgamento de uma criança não constitui atributo genético e, dessa forma, sua maneira de perceber o que é certo e o que é errado é construída por estágios progressivos. Por essa razão, seja firme e evite "sermões" e expectativas de que o procedimento "correto" de ontem foi compreendido plenamente. Tenha consciência no sentimento de justiça e supere o medo de perda do afeto, quando é essencial reprimir.

- Saiba atribuir responsabilidades passo a passo.

O verdadeiro amigo da criança é o adulto que está sempre pronto para colocar em ação planos para desenvolver progressivamente, e sem pressa, a autonomia da criança. À medida que a criança vai crescendo, necessita de ajuda para descobrir que se atenua pouco a pouco a tutela para ir ao banheiro sozinho, dormir no escuro, segurar o próprio talher, escolher a roupa, entrar em uma piscina, dormir na casa de um amigo e até mesmo, mais tarde, administrar seu dinheiro.

Não abra mão de ensinar a criança, com exemplos e ações, a desenvolver e assumir habilidades sociais, como:

- saber ouvir;
- saber como se deve iniciar e manter uma conversa;
- aprender a fazer perguntas e a quem fazê-las;
- saber agradecer, ser gentil e respeitoso;
- não se esquecer de cumprimentar as pessoas;
- saber apresentar-se;
- nunca recear pedir ajuda, quando necessário;
- saber se desculpar;
- argumentar, apresentando suas ideias com clareza;
- expressar suas emoções e sentimentos e saber lidar com sentimentos dos outros;
- nunca deixar de expressar afeição;
- saber compartilhar brinquedos e momentos de lazer;
- sempre pedir permissão diante de uma ação e situação que desconhece;
- não responder a provocações;
- quando necessário, saber recusar o que é oferecido com educação e firmeza;
- manter equilíbrio e calma em uma derrota e saber aceitar as perdas;

- fazer-se leal, não ter medo de dizer a verdade, mesmo que erros tenham sido cometidos ou existam situações de constrangimento;
- decidir e assumir responsabilidade sobre suas resoluções; e
- organizar seu tempo e sempre ter uma meta, um objetivo.

Esses procedimentos sociais não constituem comportamentos inatos e, portanto, se não são aprendidos no lar por meio de paciente e persistente orientação e muitos exemplos, transformam a amizade entre pais e filhos em experiências muitas vezes frustrantes. Construir com os filhos uma grande e duradoura amizade é como uma longa caminhada em que o percurso vale bem mais que sua conclusão.

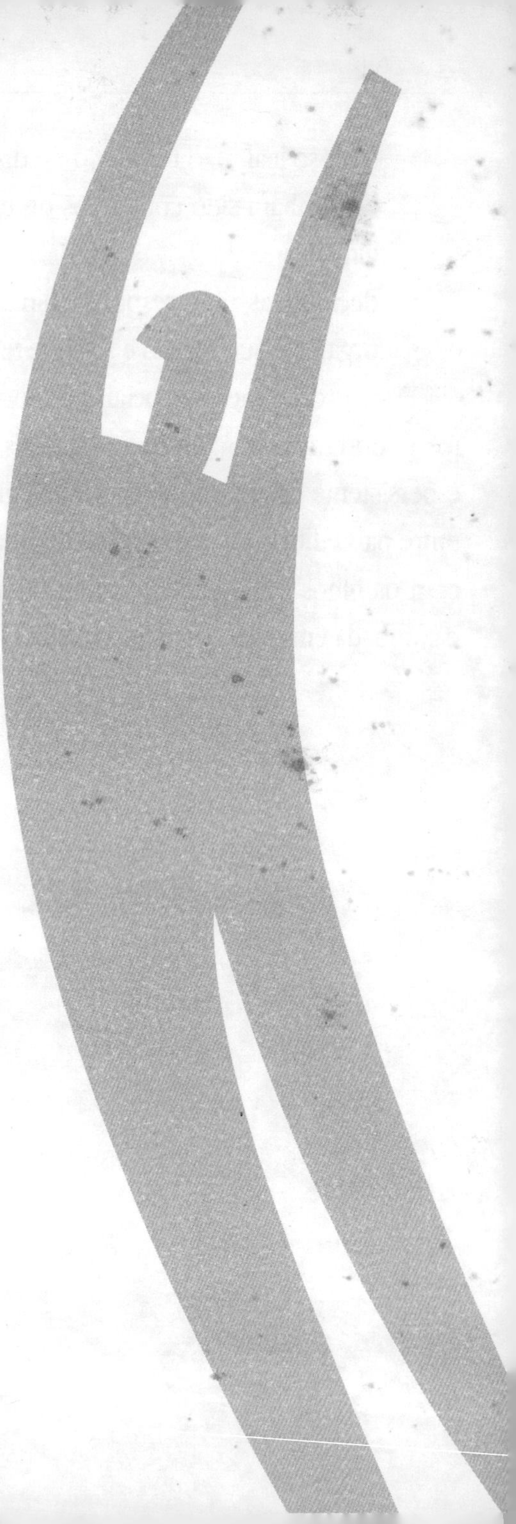

Capítulo III
A amizade até os 2 anos de idade

Quem acompanha o crescimento de um bebê até que ele complete seu primeiro mês de vida surpreende-se com o incrível volume de mudanças físicas que ocorrem em tão pouco tempo. Mas, por maiores e mais surpreendentes que sejam essas mudanças, elas representam um "quase nada" em relação às alterações que ocorrem diariamente em seu cérebro. Examinando esse cérebro por meio de rastreamentos feitos por aparelhos, como o de ressonância magnética funcional, percebe-se que o volume de substância cinzenta cerebral e a consequente capacidade cognitiva continua a aumentar durante toda a infância até o início da adolescência, e só então começa a reduzir progressivamente à medida que sinapses excessivas vão sendo eliminadas.

Essas alterações cerebrais fazem com que o bebê, do nascimento até o 4º mês de vida, procure avidamente organizar, com respostas corporais, as sensações mais marcantes que acolhe. Nessa fase, é essencial o acompanhamento de um adulto, principalmente a mãe, que demonstre afetividade, amizade e ternura, mas também que seja a pessoa que proponha a apresentação de desafios novos, como se explicará a seguir.

A partir do 4º mês, o bebê já desenvolve o relacionamento com outras pessoas. Por essa razão, é aconselhável iniciar a afetuosa demarcação do "pode" e do "não pode", com extrema paciência e ternura, ainda que com firmeza.

O aconchego que a criança acolhe do corpo do adulto é essencial e ela responde afetivamente a esse sentido de "propriedade", mas é preciso atenção: os pais jamais podem se permitir sentirem-se "domados" por ela. Não há qualquer receio de que ficará "traumatizada emocionalmente" se não for atendida neste ou naquele mimo, que, com choro, sabe cobrar. É por essa razão que em alguns casos se defende a permanência da criança em uma creche ou centro de educação infantil, onde educadoras profissionais se mostram também carinhosas, mas menos "subornáveis" que as mães, sobretudo se do primeiro filho.

Do 7º mês a 1 ano de idade é a fase em que toda criança descobre o sentido da intenção e, assim, um sorriso leva a outro quando percebe que seus gestos já provocam respostas, usando o corpo e seus movimentos para expressá-las.

É nessa fase que a criança começa a construir a percepção de "presença" e de "ausência" e, por isso, é importante que fique alguns momentos sozinha, mesmo que proteste. Nos centros de educação infantil, o sentimento de ausência pode ir aos poucos se prolongando. Não há dano emocional algum quando a criança se sente por algum tempo sozinha, mas é importante que, quando receba o adulto, este se coloque integralmente, carinhoso e comunicativo.

Do 12º ao 24º mês, a comunicação torna-se maior, o sentido da amizade torna-se progressivamente mais recíproco, a criança já percebe diferenças emocionais e aprende que momentos de ausência física não significam abandono. Adultos, eventualmente estressados ou irritados, devem ser mantidos a distância, por mais que se acreditem capazes de esconder ou simular esse estado emocional. Nessa fase, toda criança já identifica seus pais e seu cuidador e já sabe como simular e tratar um objeto como se fosse outro, bem como rir de brincadeiras feitas com ela e programadas pelos adultos.

Sua "experiência" emocional já permite a identificação de sensações de raiva, dúvida, amor e dependência. É importante que conte com pais que vez ou outra alternem expressões faciais e posturas corporais distintas, para expressar as emoções básicas, como que "alfabetizando" a criança para aos poucos ir se tornando capaz de fazer a leitura desses estados e expressões. Ocultar o rosto atrás de uma parede por alguns segundos, mostrar a língua ou pôr e tirar um casaco colorido são gestos que aprofundam essa comunicação e estreitam laços de amizade.

É o tempo para que a criança aprofunde a descoberta do significado do "sim" e do "não" e passe a aprender que existe um momento de brincar, outro para alimentar-se e outros para o banho ou o "soninho". Os pais e outros adultos devem a qualquer custo evitar discussões e brigas diante da criança, pois ela é extraordinariamente capaz de captar e absorver estados de estresse, amargura, decepção ou raiva. Não há "clima" educacional mais favorável e mais amigo para a criança que a descoberta de que seus pais estão juntos, o querem com igual carinho e se tratam com respectiva ternura.

Sugestões de atividades interessantes

- Responda significativamente qualquer som ou tentativa de comunicação da criança; ao falar com ela, incline seu corpo em sua direção para que ela possa ver e tomar contato com seu rosto e com sua boca enquanto fala.

- Algumas vezes, segure um brinquedo ou outro objeto colorido diante da criança, afastando-o e aproximando-o progressivamente, ajudando-a a perceber a sensação de espaço.

- Use com moderação chocalhos, uma colher, um copo e outros brinquedos que emitem sons para produzir efeitos sonoros. Isso a ajuda a desenvolver sua percepção auditiva.

- Abrace, sem exageros, a criança e fale sempre com voz meiga e suave perto de seu rosto enquanto a embala. Muito embora nessa fase a criança esteja muito concentrada em si, vai percebendo a existência de outras pessoas, a atenção que estas lhe devotam e a amizade da qual tanto dependem.

- Algumas vezes, ao brincar com a criança, faça expressões faciais exageradas e expressivas e fale alternadamente ora à sua direita, ora à sua esquerda fazendo-a perceber que os sons podem chegar de direções diferentes.

- Por volta dos 2 ou 3 meses, a criança começa a assumir a consciência sobre o seu corpo e já reage a conversas e a expressões de prazer, por isso, cante baixinho breves canções e conte histórias, porque ainda que não as compreenda, já descobre sua importância para os pais.

- Quando possível, pendure um móbile atraente (de 20 a 40 centímetros de comprimento) sobre a cama da criança, para que ela possa descobrir e entreter-se com o movimento.

- Pegue uma luva macia e de cores vivas, corte a ponta para que seus dedos fiquem parcialmente para fora e acaricie a criança, fazendo-a sentir a diferença entre a maciez do tecido e de seus dedos.

- Ofereça-lhe alguns objetos ou brinquedos que possam ser atirados ao chão, habituando-a com a mudança do lugar de algumas coisas.

- Diga muitas vezes o seu nome, incentivando e reforçando sua noção de identidade.

- Habitue a criança a interagir com outras pessoas que devem, consigo, aprender as brincadeiras que faz e repeti-las.

- Aos poucos, vá acostumando o bebê com sua presença a distância cada vez maior. Se chorar, volte à proximidade anterior, mas não desista desse lento recuar.

Entre o 7º e o 8º mês já é possível apresentá-la a um espelho e o uso ocasional desse recurso aumenta a sensação de independência da criança, pois, aos poucos, ela vai procurar "puxar conversa", produzindo cada vez mais sons. Algumas outras vezes, mostre-lhe no espelho e diga seu nome, fique ao seu lado e diga os dois nomes. Vá progressivamente alternando pessoas: "Esta é a Luciana (a criança) e o papai" e assim por diante.

- Não tenha pressa quando alimentar a criança; aproveite a refeição para ampliar contatos visuais. Aceite seu ritmo mais rápido ou mais lento de comer.

- Proporcione, depois dos 8 meses, algumas brincadeiras que incluam água. A hora do banho deve se constituir em uma oportunidade para que exercite a experiência de encher e esvaziar canecas, jogar água sobre sua cabeça e fazer outras travessuras.

- Apresente à criança objetos de diferentes texturas e tamanhos adequados. Coloque-os ao seu redor, deixe-a jogá-los ao chão, faça com que a criança o apanhe, variando bolas com cubos, pedaços de pano e outros; nada pequeno demais que possa engolir, nem muito grande ou pesado, que não consiga carregar.

- Aproveite todas as rotinas da criança para explicar o que está fazendo. Por exemplo: "Agora é hora do almoço, vamos colocar o guardanapo para não sujar muito". "Agora é hora de dormir, vamos vestir o pijama".

- Permita que a criança possa brincar com utensílios de cozinha que não ofereçam perigo, pois são recursos que produzem sons e têm formas diversificadas.

- Com 1 ano de idade, a criança já compreende o significado da palavra "não", sendo inclusive capaz de aplicá-la em relação a si. Não tema o uso dessa palavra, mas reserve-a para condições efetivamente necessárias.

- Pegue a mão da criança e faça com que toque sua orelha, sua boca, seu nariz, sempre nomeando as partes do corpo: "Esta é a orelha de mamãe", etc.

- Vá, aos poucos, iniciando brincadeiras que a fazem dizer "sim" e outras em que deve dizer "não".

- Por volta dos 13 a 15 meses é hora de trabalhar ainda mais a imaginação e a formação de ideias abstratas e, para isso, pequenas histórias são muito importantes.

- A afetividade da criança já se manifesta após 1 ano de idade e deve ser enfatizada elogiando muito seus gestos de carinho, mostrando a ela como se acaricia um pintinho, um boneco, incentivando-a a tocar e, quando possível, a abraçar.

- Próximo aos 2 anos, comece a passar tarefas simples, explicando-as bem. Faça com que, à sua maneira, arrume seus brinquedos, ajude-a a guardar coisas. Dê-lhe alguns brinquedos para que possa segurar e mostre onde devem ser guardados. Faça-a buscar objetos em outros aposentos, incentivando e elogiando sempre.

- Faça jogos verbais que estimulem bastante o uso de pronomes como "meu" e "seu".

- Comece a descrever as propriedades dos objetos, apresentando alguns com características iguais e outros com características opostas. Comece também a introduzir a noção de quantidade, a fazer uso de números inicialmente com os dedos, depois com diferentes objetos. Faça com que conheça por meio do tato a diferença entre objetos macios e ásperos, falando de suas diferentes texturas. Essa mesma diferenciação deve também envolver cores.

Por volta dos 2 anos de idade, uma criança já pode falar cerca de 50 palavras, mas esse vocabulário, quando devidamente estimulado, cresce rapidamente e, com isso, aumenta também a alternância de tipos de pensamentos. É uma idade admirável para a criança ser crivada de perguntas desafiadoras e que a estimulem a pensar de forma progressivamente cada vez mais complexa. Nessa idade, surge o elemento mais significativo da inteligência humana: a capacidade de simbolização.

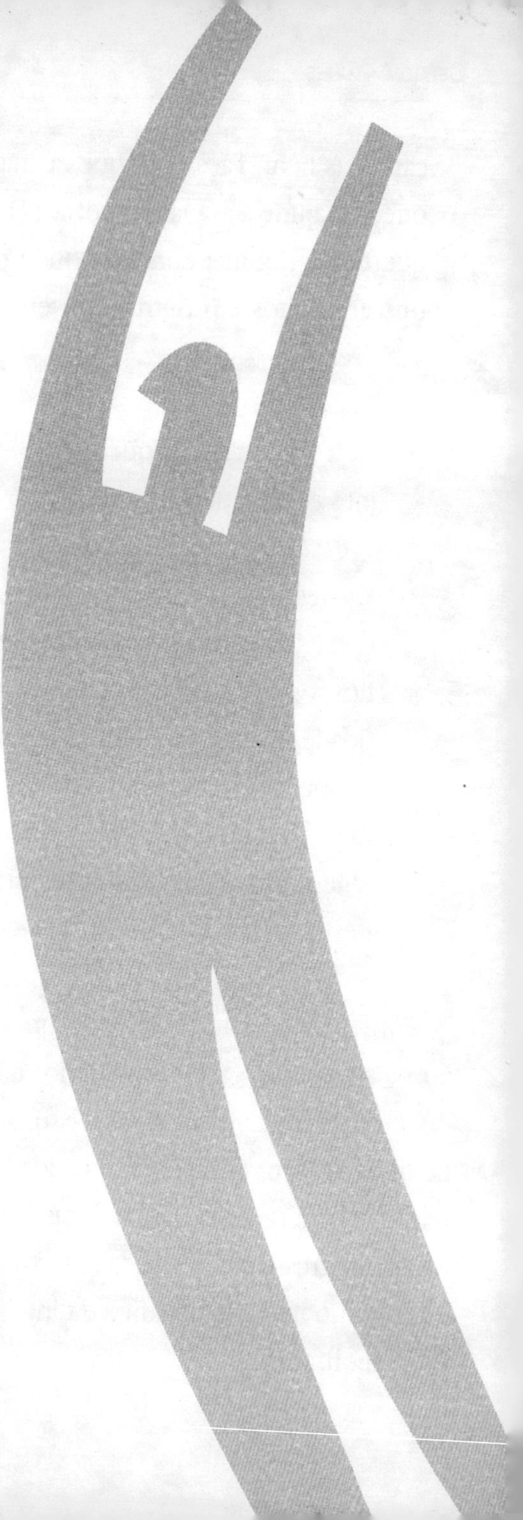

Capítulo IV
A amizade dos 2 aos 5 anos de idade

A fase que se estende dos 2 aos 3 anos é maravilhosa para qualquer criança pela ocorrência de duas transformações cerebrais: a progressiva capacidade de diferenciar sentimentos e o expressivo aumento do vocabulário que lhe permite ingressar inteiramente no mundo simbólico. No que isso influi em suas relações e no fortalecimento de laços de amizade?

Antes dos 2 anos, como qualquer animal, a criança compreende o mundo concreto. Quando, por exemplo, vê um cachorro, sabe que é o "au-au", mas a palavra serve apenas para essa espécie animal. Ao ingressar no universo simbólico, a palavra já não mais expressa apenas coisas concretas e palpáveis e assim descobre que se fala "cachorro" está usando essa palavra para o seu, para outros e para todos os cães que vê. Essa entrada da criança no mundo simbólico, associada à capacidade de diferenciar e expressar sentimentos e um vocabulário mais rico, confere à criança o que de mais valor na vida um ser humano possui: sua individualidade.

O pensamento e as ações de todos os bebês, antes dos 2 anos, são praticamente iguais. A partir daí, Francisco sabe que é Francisco e ninguém mais, Eduarda vai descobrindo que é única no mundo, ainda que existam outras com o mesmo nome. Por essas razões é que nessa fase se torna importante trabalhar a autoestima da criança, reconhecendo-a como única, elogiando-a muito sem mimar, multiplicando e materializando exemplos positivos, escutando-a em tudo o que deseja expressar e ensinando-a a compreender o sentido concreto e simbólico da palavra "não" e iniciando um projeto para ensiná-la a fazer e preservar amizades.

Aos 3 anos, ou um pouco antes, a criança já pode se autoavaliar, já controla alguns impulsos e sabe se concentrar no que gosta de fazer. É importante reiterar sempre os quatro "Es" mágicos da afirmação das relações interpessoais e de autoestima: Elogiar, Exemplificar, Escutar e Ensinar o "não".

Nesse período, para solidificar os elementos que irão estruturar sua forma de relacionar-se com os outros, tanto no lar como na escola, as ações a seguir são importantes.

- Legitimar os atos emocionais e os sentimentos, isto é, não minimizar como se no ser humano não existisse a raiva, a alegria, a frustração, a tristeza, a saudade e outros.

- Aceitar a necessidade de que toda criança, em sua casa, tem de "marcar seu espaço", dispondo de um "cantinho" pelo qual é responsável, onde ela pode espalhar ou esconder seus brinquedos, mas também guardá-los. Quando a criança perder algum brinquedo, o adulto pode ajudá-la a procurar, mas jamais procurar por ela.

- Conversar muito com a criança, fazendo perguntas múltiplas não como quem avalia suas respostas, mas com o sentimento de que é importante que exerça o mecanismo da fala. Solicitar que fale das pessoas conhecidas, que descubra coisas boas e interessantes em seus amigos, adultos ou outras crianças.

- Valorizar com entusiasmo comedido os seus gestos e atos de solidariedade e de afeto, sugerindo o abraço, propondo o beijo no tio que chega, na avó que se despede, nos amigos sempre que os encontra.

- Levá-la aos poucos e com muita conversa a perceber que brinquedos são interessantes, mas que o melhor "brinquedo" para uma criança é outra criança ou um adulto, inteiramente envolvido na brincadeira.

Na fase que vai dos 4 aos 5 anos de idade, a criança ainda está ampliando o domínio do vocabulário (e o papel dos pais nessa ampliação é imprescindível) e as referências simbólicas e, por isso, é a fase em que se empolga pelos desenhos, por filmes e DVDs ou mesmo pelo computador.

Não há qualquer mal em expor as crianças à televisão ou a outro meio eletrônico, mas é importante que se marque limites precisos para esse uso. Um pequeno relógio com ponteiros, desenhado ou montado em cartolina, pode registrar esses momentos e é importante que, com firmeza, esses limites sejam respeitados.

Essa é uma idade "perigosa" para assumir estereótipos e preconceitos e, por esse motivo, os adultos que convivem com a criança devem cuidar para não os exteriorizar. Para a criança, não existem pessoas "feias" ou "bonitas", "negras" ou "brancas", "portuguesas" ou "italianas" e, assim, quando forem feitas essas referências, jamais se deve esquecer que somos todos integrantes de uma mesma espécie e todos são apenas "pessoas".

Entre 4 e 5 anos, a criança já conquistou percepção relativa da realidade e, como apresenta imaginação fértil, é importante que sempre ouça muitas histórias e que fale sobre esses personagens, corte e recorte, desmonte, arrume e desarrume.

Aos 5 anos, a criança já se avalia como pessoa e, influenciada pelo que assiste, tende a classificar as outras pessoas como amigos e inimigos, "pessoas do bem" e "pessoas do mal". É por essa razão que os adultos que a educam necessitam sentir e demonstrar admiração pelas suas qualidades e pelas qualidades e valores de seus amigos e demais pessoas que conhecem ou mesmo de tipos ou personagens vistos em filmes ou na televisão.

É essencial compreender que, principalmente até os 5 anos, o castigo físico (bater, dar palmadas, puxões de orelha e outras atrocidades) é gesto de covardia e, absolutamente, não existe "palmada inocente". Há outras formas mais sensíveis e significativas de a criança compreender e aceitar uma sanção. "Ficar de castigo" por alguns momentos, privá-la de algo de que gosta e outras ações iguais não simbolizam a violência da agressão e cumprem um efeito educativo maior.

Uma "educação para a amizade" deve sempre priorizar as ações a seguir:

- Aceitar e estimular a criança a conviver com os outros, ficando sem vigilância por algum tempo com seus amigos e amigas, aceitando convites para uma vez ou outra dormir na casa de um amigo, dos avós ou de um tio.

- Deixar sempre à disposição material para a criança desenhar, sendo solicitada a falar sobre as coisas que ilustra e desenhar os amigos que admira. O desenho infantil é muito mais que a iniciação de uma expressão escrita, representa muitas vezes um meio de que a criança possui para falar de seus medos, desejos e anseios.

- Levar a criança a perceber que "nem todas as horas são horas para se falar de qualquer assunto" e que, dessa maneira, existem "momentos mais propícios" para uma conversa e para se saciar sua curiosidade, que jamais deve ser reprimida, sem, no entanto, "fugir" de alguns assuntos.

- Organizar em casa "reuniões" periódicas com a criança para estabelecer normas comuns sobre regras, horários e deveres. Ensinar o amplo sentido da palavra "nós" e o valor em se cuidar dos brinquedos, da ordem, dos amigos. Mostrar que todas as pessoas têm direitos, mas têm deveres também.

- Animar a criança a brincar com outras crianças. Sempre que possível, passe tarefas para serem feitas em duplas ou trios. Convide crianças mais ou menos da mesma idade para ir a sua casa e promova atividades em que todas brinquem, "jogos em que todos ganham" ou invente outros que impliquem em dar coisas uns aos outros. Elogie a criança por seu gesto em compartilhar, elogie-a sempre por suas boas maneiras.

- Contar histórias, mesmo que a criança adore assistir a seus vídeos prediletos. Jamais deixe de promover um gostoso debate sobre o filme que assistiu, o desenho que viu. Reúna mais crianças e, após essas histórias, proponha uma discussão sobre o que gostaram ou não, sobre o que podem usar em suas vidas, fazendo-os assumirem um papel ou uma "ponta" nessa história.

- Exaltar sempre a importância de ter e respeitar os amigos que se tem.

- Convidar a alguns colegas para promover jogos com mímicas; inventar uma imagem descrevendo-a e solicitar às crianças que busquem representá-la usando a mímica. Sempre que possível, explorar a sequência dos atos, fazendo com que percebam com bonecos que o dia a dia de um deles não deve ser muito diferente do dia a dia da criança.

- Respeitar a admirável "idade dos porquês". Como a criança faz perguntas sobre tudo, é interessante que descubra também o uso do "Como?", "Onde?" "O quê?". Como adoram brincar de "casinha" ou com bonecos e carrinhos, é interessante que o adulto, vez por outra, se proponha brincar com a criança, ampliando o limite de suas fantasias, desafiando-os com enigmas, probleminhas, pistas e outros jogos.

Nessa fase também a criança evolui por uma crescente mobilidade, daí a importância de atividades físicas e do reforço permanente aos seus movimentos. Como aumenta o equilíbrio, já é interessante promover exercícios em que andem na ponta dos pés, assim como uma ou outra atividade em que devem saltar, com os pés juntos e depois separados. É importante também que se estimule o controle das mãos, dos dedos e dos pulsos; a argila, massa de vidraceiro ou mesmo massa de pão são materiais preciosos para o desenvolvimento da habilidade motora fina. Esteja sempre muito atento às primeiras mentiras; embora inocentes, aproveite-as para ensinar valores essenciais à afetividade, como a verdade e a honestidade. Eduque-a com firmeza, mas com imensa disponibilidade.

Treine sempre a memória da criança e de seus amigos, fazendo-as relatar fatos ocorridos, cenas, histórias e eventos. Por exemplo: quem entre vocês é capaz de lembrar o que estavam fazendo ontem a esta mesma hora? Aos poucos, introduza nessas conversas o conceito de "amanhã", "depois de amanhã" e "anteontem".

Pedalar, aprender canções, guardar coisas, dobrar um pano ou esticar uma folha amarrotada são exercícios sempre positivos para se sugerir que se faça com outras crianças.

Essa é uma fase em que a criança já deve começar a aprender a usar o garfo, a faca, a colher. Em um jantar com alguns amigos, é importante estimular os que sabem mais a ajudar os outros.

Ajude a criança a fortalecer seu sentimento de identidade, auxiliando-a a tomar decisões como escolher o que deseja vestir, o que gostaria de comer ou quando telefonar para um amigo.

Encene teatros apresentando fábulas e anedotas, atribuindo à criança e seus amigos papéis nessa encenação.

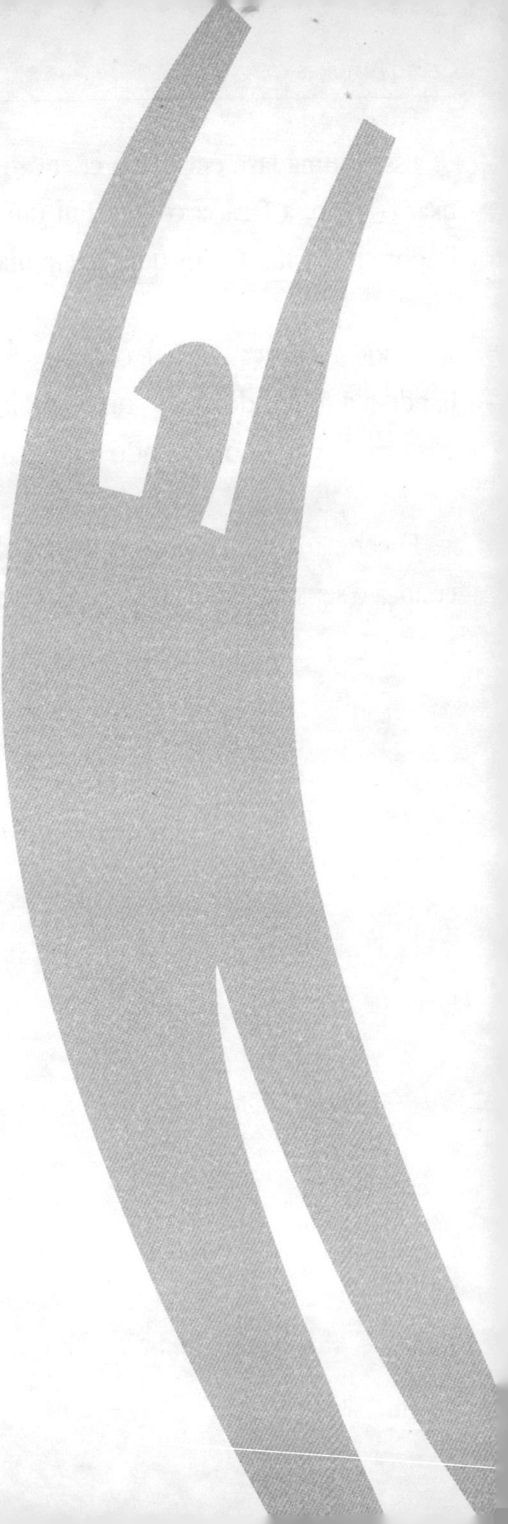

Capítulo V
A amizade dos 5 aos 10 anos de idade

Dos 5 aos 10 anos de idade, a criança se encontra na plenitude de suas possibilidades, suas inteligências mostram-se "famintas" de estímulos e, como indivíduo único, e por isso singular, está integralmente preparada para conviver com as crenças e os valores de sua cultura.

Como já domina de forma quase completa os símbolos da linguagem, é o momento propício para desenvolver outros sistemas simbólicos, como música, desenho, pintura, dança, gráficos, números, fotografias, esculturas, etc. Esse "desenvolvimento", entretanto, não implica em necessária "aprendizagem". Uma coisa é inserir-se no tempo em que se vive e ser capaz de decodificar a arte e a beleza, outra diferente é demonstrar interesse e treinar uma delas. É o momento "mágico" para fazer amizades e superar-se para preservá-las.

A partir dos 5 anos, é essencial que os pais ajudem a criança a compreender que é impossível vivermos sozinhos. Tudo o que fazemos, fazemos em grupos e, mesmo quando pensando sozinho em um quarto, é em nós mesmos e nas outras pessoas que estamos pensando. Nessa fase, a criança vai valorizando progressivamente o direito à liberdade de opinião e começa, de maneira realista, a julgar seus amigos, seus parentes, seus pais, seus professores, os personagens de livros ou novelas que descobrem. É o momento em que os pais precisam mostrar que esse julgamento necessita se inspirar em razões, em fundamentações lógicas. "Gosto do Renato, porque é honesto". "Admiro a Rosana porque é amiga leal". "Simpatizo muito com a Cristina por sua sinceridade" e assim por diante.

Quando assiste a um filme, um capítulo de novela ou tem contato com o trecho de um livro, é importante que disponha de adultos que conversem com ela sobre esses personagens, destacando qualidades e defeitos.

É essencial que a criança tenha permanente ajuda para desenvolver suas habilidades sociais.

Precisa ser "treinada" a "colocar-se no lugar do outro"

Esse treino deve nascer de propostas espontâneas, de sugestões comuns faladas à criança aqui e ali, sugeridas em diversas oportunidades. Muitas vezes, o adulto pode iniciar essa atividade, dizendo como se sentiria no lugar de outro e permitir que a criança relate suas sensações. Após a imensa alegria de uma vitória esportiva, é possível sentir o que estão sentindo os que foram derrotados?

Necessita saber quais valores são essenciais para se viver

A verdadeira amizade fundamenta-se sempre em valores. Quando uma criança fala de seus amigos, é importante que seja ajudada a verificar quais valores dão sentido a essa amizade. Lealdade, honestidade, desprendimento e cooperação desinteressada são alguns dos elementos que necessitam sempre estar nas conversas entre pais e filhos.

Deve sentir a importância das regras sociais e se tornar uma apaixonada praticante

Se desejar falar, a criança precisa aprender a ouvir. Se quiser criticar, é importante que saiba aceitar críticas, se tem vontade de reclamar, deve compreender o direito de outros reclamarem.

O inesgotável valor do sentido espiritualista da afirmação "Façais ao outro o que desejas que façam a você" precisa deixar de ser um conjunto de belas palavras e ganhar sentido de uma ação presente em todos os momentos e, por isso, com muito carinho, sempre demonstrada e proposta pelos pais.

No contexto dessa afirmação, mostrar para a criança que toda amizade se inspira em quatro leis: A lei de Ouro, a de Prata, a de Bronze e a de Lata. Pode-se fazer desse tema o conteúdo de debates frequentemente trazidos à discussão, usá-lo no julgamento de atitudes que se extrai das notícias, do esporte, dos fatos que envolvem pessoas conhecidas.

1. **OURO:** Faça sempre ao amigo o que gostaria que o amigo sempre fizesse a você.

2. **PRATA:** Nunca faça ao amigo o que não gostaria que ele fizesse a você.

3. **BRONZE:** Ajude apenas quem lhe ajuda, chute sempre quem sempre lhe chuta. O famoso "Pão, pão, queijo, queijo".

4. **LATA:** Faça apenas para você mesmo e deixem que os outros se virem. Não tenha amigos, tenha apenas interesses.

Precisa de apoio para aprender a ser tolerante

Paciência e tolerância não são virtudes fáceis, mas como uma planta que requer cuidado, é condição que a criança, aos poucos, vai alcançando. Elogiar muito e elogiar sempre quem demonstra esses valores, mesmo que apenas em palavras.

Deve descobrir a significação social da prestatividade

Ao contar uma história, nunca perder a oportunidade de "recheá-la" de questões intrigantes, desafiadoras, propositoras, interrogando-a sobre o sentido de uma palavra, desafiando-a a buscar um sinônimo, lendo ou dizendo com palavras novas o que se pretende dizer. Por exemplo: "Eu topo pagar um sorvete se você o pedir com uma frase em que use a palavra "azul", "avião" e "águia".

Como na fase dos 5 aos 10 anos a criança é muito sensível aos modelos adultos, valorizar o exemplo jamais se esquivando de mostrar boas maneiras, pedir desculpas, elogiá-la pelo emprego de palavras e de gestos de cortesia. Valorizar narrativas, filmes ou histórias com exemplos de amizade, determinação e solidariedade.

Pedir sempre a opinião da criança sobre esses valores, respeitando sua opinião, porém, é necessário demonstrar que pessoas diferentes pensam de forma diferente e que é sempre bom descobrir razões ou argumentos para fundamentar esta ou aquela opinião.

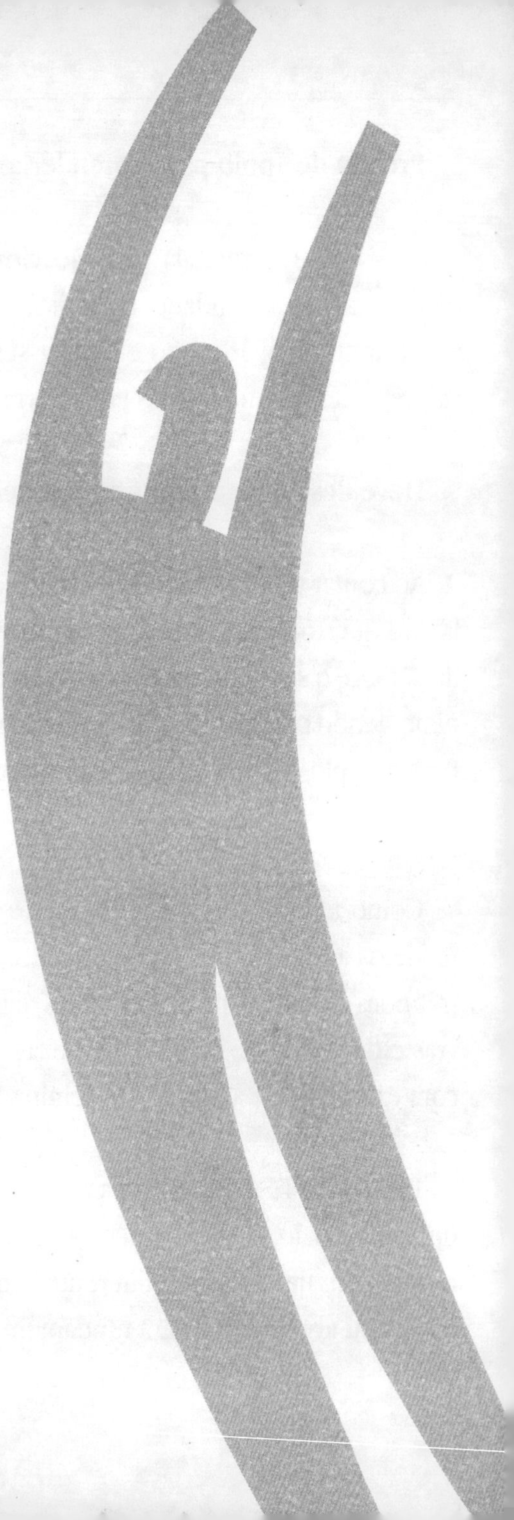

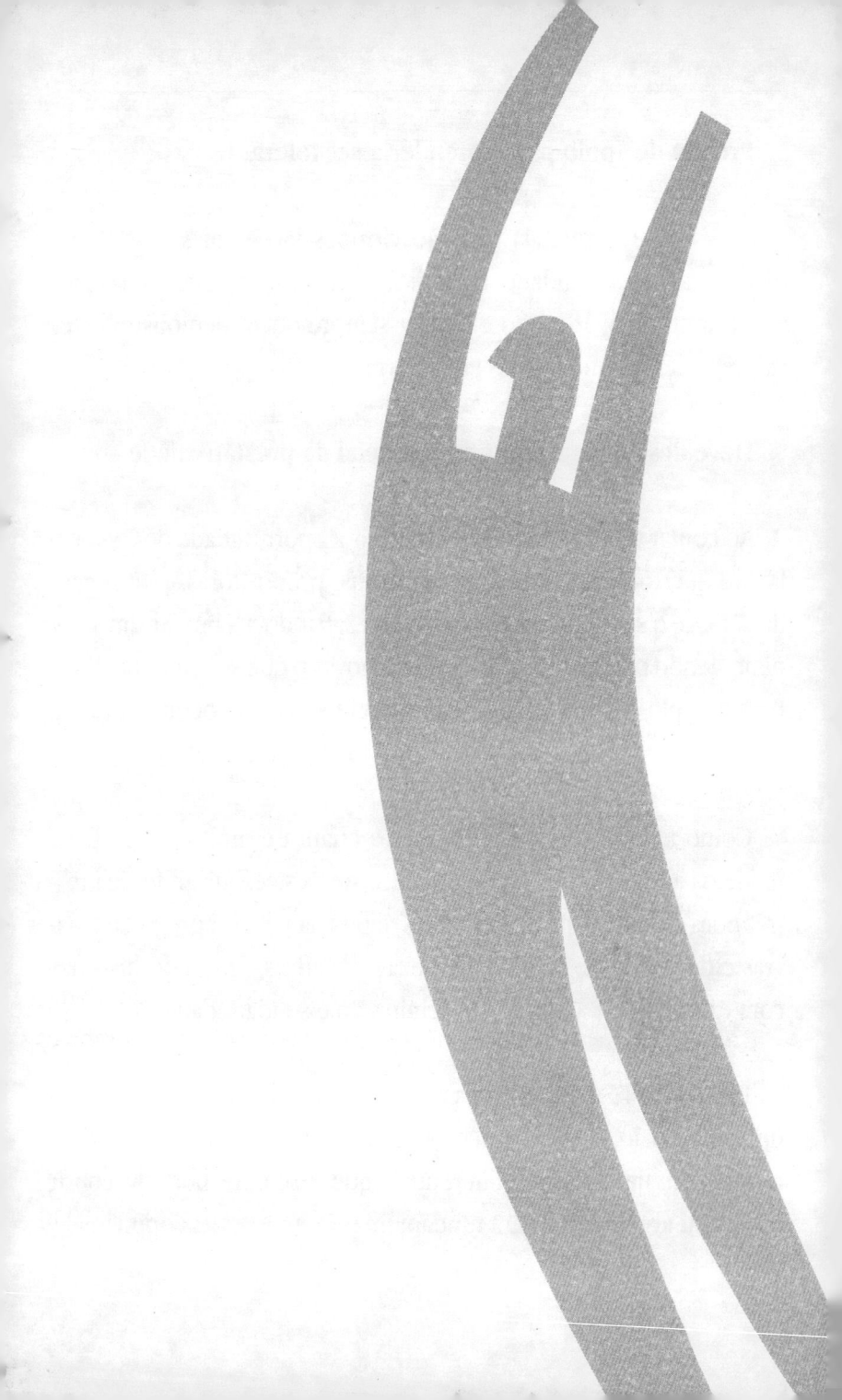

Capítulo VI
Uma pesquisa: do que os amigos mais gostam em seus amigos

Uma pesquisa recente desenvolvida entre alunos de 7 a 10 anos em duas escolas de São Paulo, uma pública e outra particular, onde se sugeria aos alunos que relacionassem as atitudes que mais admiravam em seus amigos, mostrou que entre as habilidades sociais mais aplaudidas estão, não em ordem de apresentação, as que vêm a seguir:

- Amigo é aquele que sabe compartilhar emoções, falando sem exagero sobre sentimentos pessoais, sobre coisas que aprecia e atitudes de que não gosta.

- Amigo de verdade sabe mostrar interesse sobre o que ouve, buscando descobrir o máximo que puder sobre a(s) pessoa(s) com quem conversa.

- Todo bom amigo oferece espontaneamente ajuda e sugestões e está atento aos que buscam auxílio, esforçando-se para atendê-los.

- Um verdadeiro amigo mostra efetivo interesse pela nossa opinião, e sempre nos convida para participar de atividades que dão prazer aos dois e aceita que muitas vezes age em função da amizade e não do interesse pessoal.

- Amigo é todo aquele que sabe mostrar-se leal, sem trair a confiança do outro sobre todo assunto que este deseja que seja preservado.

- Amigo sabe sempre aceitar e compreender as ideias dos outros, dando ouvidos e mostrando interesse em opiniões diferentes das suas.

- Todo amigo procura não sentir vergonha de expressar sentimentos, abraçando, beijando, dizendo que gosta, oferecendo pequenas lembranças como bilhetinhos, uma flor, uma bala, etc.

- Um verdadeiro amigo não mente, sempre sendo claro em dizer o que sente e o que quer.

A apresentação dos resultados dessa pesquisa vai muito além de exposição de opiniões. Deve representar um assunto a ser conversado com a criança, sentindo-a e verificando como ela se coloca perante essas ideias. Concorda ou não? Acha-as interessantes? Quais as que aprova? Está disposta a mudar alguma coisa na forma de se relacionar com os amigos?

Ainda com vista nas respostas, anime um debate e faça a criança pensar e opinar, sugerindo questões, como as seguintes:

- Você concorda com essa pesquisa?
- Acrescentaria algum novo item?
- Cortaria um ou mais?
- Caso fosse convidada a ordenar as cinco primeiras, como as disporia?

É evidente que as respostas propõem uma opinião, tão válida quanto outras opiniões que outros poderão propor. Mostre para seu filho que divergências sobre pontos de vista não apenas são válidas, como são positivas. É impossível pensar que amigos são todos os que pensam de forma absolutamente igual, pois é certo que as amizades que nos fazem crescer são as que descobrimos com pontos de vista e opiniões diferentes, aceitando algumas sem assumi-la e assumindo outras, quando de forma independente as consideramos válidas.

Faça dessa pesquisa não apenas uma coleta de pontos de vista, mas uma ferramenta para motivar ações na relação das crianças com seus amigos. Faça disso uma "ferramenta" para conhecer as referências de seu filho sobre o que considera "amizade".

Capítulo VII
Ajudando a criança a ser amiga de si mesma

Toda pessoa nasce "programada" para gostar muito de si. Essa "programação" é biológica e, portanto, está esculpida em nossos genes e aos poucos foi se desenhando pela evolução da espécie humana. Sem essa programação genética, não seríamos capazes de apreciar a vida, gostar de comer, dormir ou nos divertir. É esse amor por nós mesmos que nos faz lutar contra a morte, sonhar com o futuro, buscar sempre o melhor.

Ocorre, entretanto, que algumas vezes essa programação biológica sofre alterações e se desregula, e, quem é vítima desses desajustes, passa a não gostar mais, deixa de ser amigo de si.

Para saber o nível do sentimento de estima de seu filho por si mesmo, procure de tempos em tempos verificar como está o padrão da paixão que ele sente por si.

A resposta que a criança dará a desafios como o proposto não pode levar em conta respostas pontuais, determinadas por uma ocorrência imediata. Se, por exemplo, seu filho joga em um time na escola e sonhava com uma vitória na última partida e a equipe dele perdeu, é natural que a decepção deixe sua autoestima um pouco machucada, mas ensine que essa tristeza é momentânea e que, amanhã ou depois, o time ganhará de novo e a alegria voltará a surgir.

Portanto, quando observar que o nível desse sentimento de querer-se bem está baixo, faça-o esquecer circunstâncias recentes, alegrias ou frustrações causadas por este ou por aquele acontecimento, e pense na dimensão de sua autoamizade no conjunto de fatos que marcam a vida.

Ao perceber que em alguns momentos a autoamizade se encontra desregulada, mostre-lhe que isso não é normal e que, portanto, a causa deve ser achada. Quem não possui motivos reais para angústias, razões momentâneas para ansiedade e apresenta um estado de angústia muito alto, certamente necessita de ajuda, pois o grau de normalidade afetiva de uma criança deve ser sempre elevado.

Em alguns casos, não se descarta a importância da ajuda de médicos ou psicólogos, mas na maior parte das vezes o "desajuste da autoamizade" não se apoia em causas profundas e basta a ajuda de um novo olhar sobre a vida para que o equilíbrio se restabeleça.

Toda criança precisa aprender com seus pais que viver é bom, bonito e gostoso. O mundo, mesmo com a natureza agredida, é belo e as pessoas amigas nos fazem sempre muito bem. Reconhecer essa verdade não é sonho de alguns ou qualidade conquistada, mas fundamento biológico que explica nossa vida e que marca nosso destino.

Ajude seu filho a saber que uma das mais indiscutíveis "leis" da evolução é "o que é bom sempre dá prazer, o que não é bom sempre faz sofrer" e por esse motivo, quem se torna amigo de si, ama a vida.

Uma visão equivocada, distorcida e muito comum nas crianças de hoje é acreditar que a felicidade é fazer tudo que se gosta.

Ensine que essa afirmação é consumista e se apoia na ilusão de que podemos comprar a felicidade como se fosse mercadoria. A verdade que precisamos sempre lembrar às crianças é que quem verdadeiramente se ama, adora fazer as coisas que precisa.

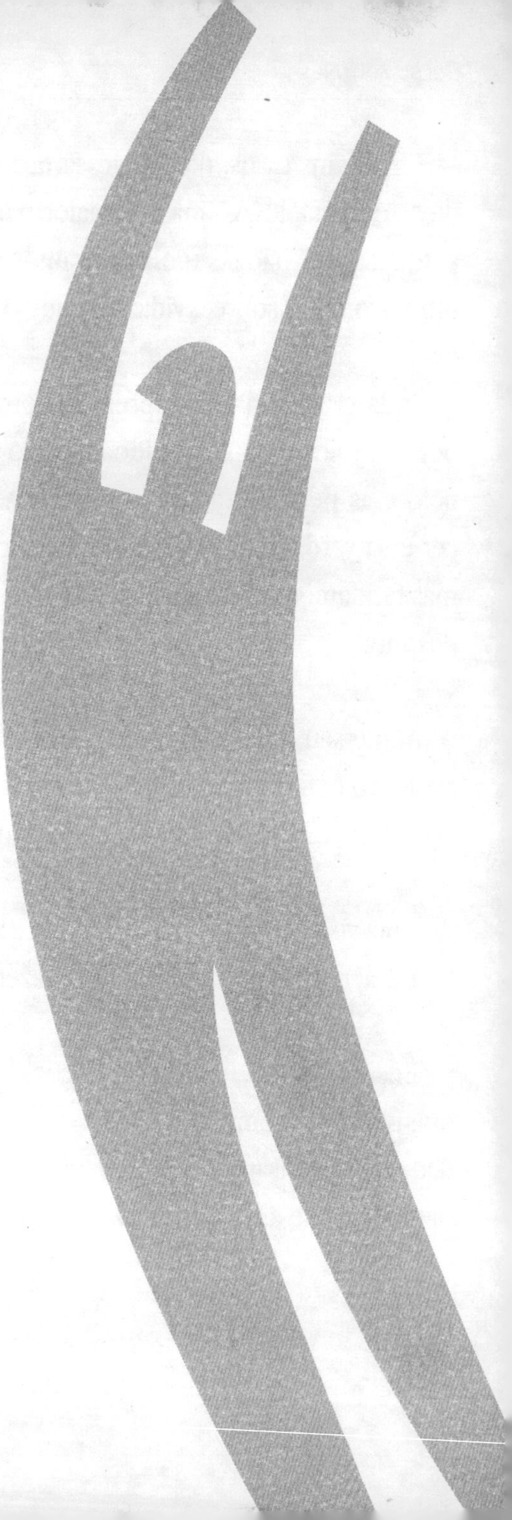

Capítulo VIII
A amizade para todos os momentos

Em várias oportunidades, ao longo deste pequeno livro, analisou-se o que agora se reitera: as sugestões de práticas procedimentais que ajudam a criança de até 10 anos a fazer e a preservar amizades. Mas, mesmo considerando essa possibilidade e sonhando com a esperança da validade das sugestões apresentadas, parece ser impossível concluir sem ainda acrescentar algumas normas "transversais" que são fundamentos de uma relação afetuosa para qualquer idade.

Entre essas normas, cabe destacar:

Nenhum ser humano é igual a outro

O cérebro humano é constituído por mais de 200 bilhões de neurônios, que produzem a cada minuto uma incontável profusão de sinapses. Além disso, o próprio corpo é uma verdadeira constelação de órgãos e a vida que se tem submete-nos a cada instante a uma diversidade de experiências que milagre algum poderia fazer com que duas pessoas fossem biológica e emocionalmente iguais.

Cada ser humano é, assim, proprietário de uma individualidade que não o iguala a ninguém e nem a si mesmo de como era alguns dias antes. É por isso que esse sentimento compreende que "cada um" é único e que a individualidade de cada pessoa impede que se generalize comparação ou suposição de que existam pessoas iguais.

Nunca creia que punição bem dosada é "castigo"

Quando se assiste a uma partida de futebol – ou de outro qualquer esporte individual ou coletivo – existe o senso comum de que toda regra que é infringida voluntária ou involuntariamente, implica em sanção natural. Dessa forma, se a bola ultrapassa a linha lateral, o jogo é paralisado e o arremesso de seu retorno ao campo é precedido por atleta de equipe diferente de quem para fora a atirou. Ao perceber essa cena, nem o mais fanático torcedor acredita que sua equipe foi "castigada" porque quem repôs a bola foi o jogador concorrente. Assim se percebe que para existir o jogo necessita-se de regras e que toda regra que é desobedecida implica em natural sanção. Isso vale para a vida e vale muito para relações de amizade, é por isso que pai algum pode pensar que ao ensinar regras e aplicar as inevitáveis sanções por seu não cumprimento, estará impondo castigo.

É evidente que existem sanções injustas ou bem maiores que a dimensão da falta e que estas, a todo custo, devem ser evitadas, mas educar bem é educar com firmeza e ensinar é, entre outras coisas, mostrar que as regras existem para que a vida social seja possível e agradável.

Exemplos ensinam bem mais que conselhos

Poucas coisas magoam mais uma criança ou mesmo um adolescente que perceber a contradição entre o que se pede e se cobra e a maneira como se age. Não há uma boa educação sem a sinceridade com que se assume as próprias falhas ou limitações.

Saiba decifrar o jeito de ser de cada criança

Qualquer criança é capaz de aprender, mas nem todas aprendem da mesma maneira. Existem estilos diferentes de aprendizagem e, se existem crianças para as quais a palavra vale mais que a imagem, existe outras em que um olhar fala mais alto que o som.

Ajudar um filho a aprender significa antes perceber qual seu estilo de aprendizagem. Ao se respeitar esse estilo, o pai também respeitará a individualidade do filho. Se uma criança apresenta dificuldade em aprender da maneira como você a ensina, busque alguma outra forma mais efetiva de ensiná-la.

Não há terapia que supere uma boa conversa

Um bom educador é sempre um excelente conversador. Conversar é bem mais que passar recados ou ministrar instruções, mas implica em dividir sentimentos, trocar pensamentos e viver ideias comuns.

Converse muito e converse sempre com seus filhos e alunos. Ouça-os e deixe que saciem algumas curiosidades a seu respeito. Conheça-os, fazendo-se conhecer.

Não acredite que estimulando em excesso, você ajudará mais

Existe hora para ensinar, para fazer lição, para leitura e pesquisa, mas é essencial que jamais se esqueçam a hora para jogar bola, brincar com videogames, conversar com amigos, ir ao cinema, ver TV ou mesmo ficar sem fazer nada.

Todo bom pai sabe que o cérebro necessita de estímulos, mas que todo estímulo em excesso cansa. Ao transformar a criança em uma "máquina de produzir", rouba-se dela o encanto do crescimento, o surpreendente desafio de viver.

Saiba sentir o "clima" nas amizades da criança

"Quem sabe faz a hora." O refrão da antiga música popular alerta que educar com carinho é conquistar o bom-senso de saber o momento certo para a "bronca", o instante exato para a alegre piada, o momento oportuno para a brincadeira gostosa e, naturalmente, a melhor hora para se passar as recomendações mais importantes, para se produzir uma aprendizagem com protagonismo e com emoção.

Nem sempre as palavras expressam a verdade do que se sente

Quando confia no adulto, toda criança "fala" de seus medos e de suas angústias, "conta" o segredo que teme e "revela" a situação tensa que o deixa inseguro e temeroso, embora nem sempre isso se dê por meio de palavras.

Por essa razão é que quem educa necessita estar sempre atento para essa linguagem invisível, para as palavras que não são ditas. Educar é saber ler intenções no olhar, descobrir o pedido de amparo e de ajuda que a criança teme pronunciar.

Escutar é bem mais valioso que ouvir

Ouvir é saber disponibilizar os ouvidos para colher a fala que chega, mas escutar é muito mais que ouvir, porque escutar envolve além da audição, também a atenção, o respeito pelo outro e o afeto.

Ouvir nossos filhos é importante, mas saber escutá-los significa dar-lhes atenção ilimitada na hora que necessitam e não apenas nas horas que queremos e podemos.

Conheça-se mesmo antes de buscar conhecer a quem ajuda

Somente educa com segurança quem se conhece bem, quem sabe que não sabe, mas acalenta o plano em buscar saber, quem reconhece seus erros, percebe seus limites, dimensiona suas limitações, mas sabe que o anseio em melhorar jamais envelhece.

Jamais confunda o erro com a criança que o cometeu

Crianças e adolescentes erram e erram muito, e é extremamente importante que errem, pois somente assim aprendem a crescer e a viver.

Os verdadeiros pais não são indiferentes ao erro e nem assumem a tolice de uma piedosa indiferença. Ao contrário, devem sempre apontá-lo com doçura e na hora certa, mas, sobretudo, não devem jamais confundir a falha com a pessoa. Deve-se punir apenas o erro e jamais confundir o "pecado" com o "pecador".

Não creia que existam horas específicas para se educar com afeto

Um médico de verdade não exerce a Medicina apenas em seu consultório e no hospital, se descobre que precisam de sua ajuda faz-se médico no avião e no cinema, na arquibancada e na avenida. Não é diferente a missão do pai e da mãe. Educa-se profissionalmente na escola, mas quem descobre que o papel de um verdadeiro amigo é educar a todo instante, educa sempre em todos os espaços.

A maior das "leis" da amizade é uma lição de sabedoria

Existe uma verdade que transcende ao tempo e que se apresenta válida em qualquer lugar, que se identifica e se percebe nos livros sagrados de todas as religiões e que fundamenta a base de toda ação afetiva.

Não deseje e não faça a outro o que não deseja a si e não espera que lhe façam. Ainda que desgastada pela rotina de sua repetição em todo lugar, a presença dessa verdade é tímida. Representa missão essencial de todo amigo que educa para a verdadeira amizade. O essencial é fazer dessa mensagem uma intenção e dessa intenção a frequência da ação.

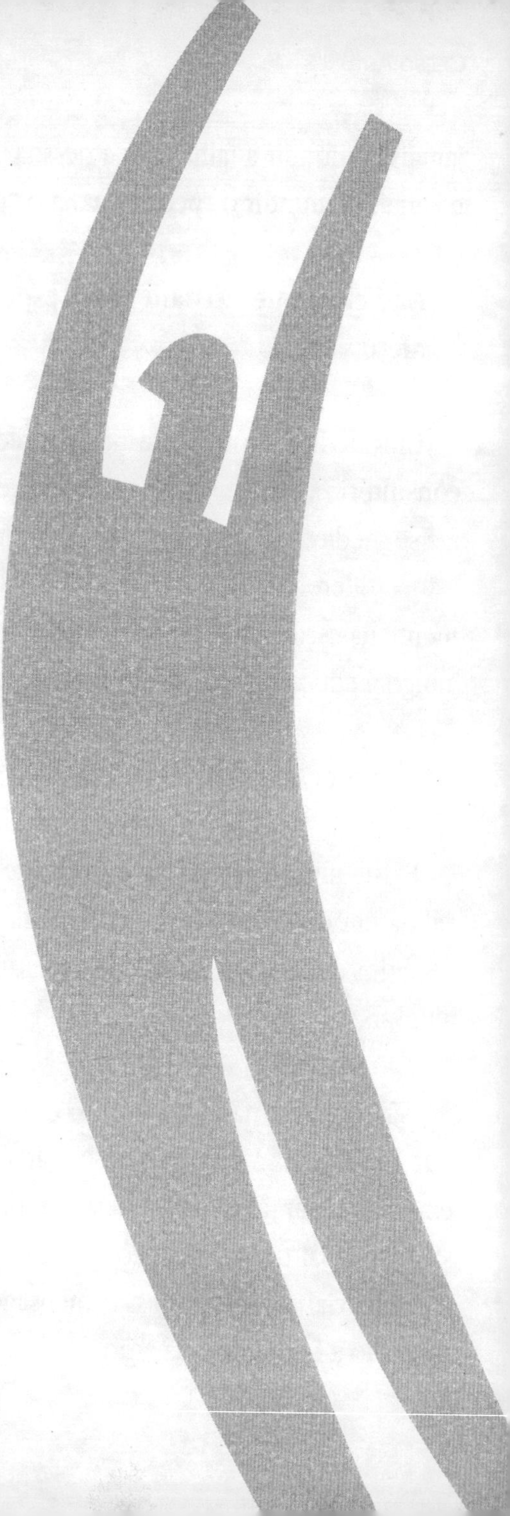

Indicações de leituras

ANTUNES, Celso. *Relações interpessoais e autoestima*. Fascículo 16, Coleção na Sala de Aula. Petrópolis: Vozes, 2003.

_____. *A linguagem do afeto*. Campinas: Papirus, 2005.

_____. *Teoria das inteligências libertadoras*. Petrópolis: Editora Vozes, 2000.

_____. *A criatividade em sala de aula*. 3ª edição. Petrópolis: Vozes, 2004.

_____. *A grande jogada*. 11ª edição. Petrópolis: Vozes, 2004.

BOFF, Leonardo. *Saber cuidar – Ética humana – Compaixão pela Terra*. Petrópolis: Vozes, 1999.

CAMPS, Victória. *O que se deve ensinar aos filhos*. São Paulo: Martins Fontes, 2003.

COLES, Robert. *Inteligência moral das crianças*. 2ª edição. São Paulo: Campus, 1998.

DIAMOND, Marian & HOPSON, Janet. *Árvores maravilhosas da mente – Como cuidar da inteligência, da criatividade e das emoções de seu filho do nascimento até a adolescência*. São Paulo: Campus, 2000.

FONSECA, Vitor da. *Pais e filhos em interação. Aprendizagem midiatizada no contexto familiar*. São Paulo: Editora Salesiana, 2002.

GOTTMAN, J. & DE CLAIRE, J. *A Inteligência Emocional na arte de educar nossos filhos*. Rio de Janeiro: Objetiva, 1997.

GRÜNSPUN, Hain. *Autoridade dos pais e Educação da Liberdade*. 3ª edição. São Paulo: Almed Editores, 1985.

PAPALIA, Diane & WENDKOS OLDS, Sally. *O mundo das crianças*. São Paulo: Makron Books, 1998.

Impressão e Acabamento